AF383938

LETTRES
DE
L'AMIRAL COURBET

Château-Gontier, Imprimerie-Librairie H. LECLERC, rue des Juifs, 23

PRIX : 5 CENTIMES

NOTE DE L'ÉDITEUR

Il nous a paru utile que le public fût à même de connaître comment cette malheureuse guerre du Tonkin avait été conduite par les ministres de la République, et quelle responsabilité incombait au président du conseil Ferry et à cette majorité docile qui votait et approuvait ses plans et ses dépenses.

Une douloureuse circonstance, — la mort prématurée de l'amiral Courbet, de ce vaillant marin auquel la victoire est toujours restée fidèle, — a permis de publier les lettres qu'il adressait de Chine à ses amis de France, pendant sa glorieuse campagne. Ces lettres dénoncent les vrais coupables. C'est la condamnation la plus écrasante du ministère Ferry et de ses complices.

Nous avons réuni ces pages vengeresses en une édition à bon marché.

Il faut que les électeurs apprécient, — pièces en mains, — la folie criminelle de nos gouvernants, folie qui, pour une entreprise inutile, a déjà coûté à la France cinq cents millions, détruit notre matériel naval, et, ce qui est plus grave encore, fait, parmi les meilleurs de nos soldats, plus de 5,000 victimes.

Ils se souviendront, — lors des élections prochaines, — du nom des coupables.

NOTICE

SUR

L'AMIRAL COURBET

L'amiral Courbet, qui vient de mourir devant Ma-Kung (îles Pescadores), sa dernière conquête, le 11 juin dernier, est né à Abbeville (Somme), le 26 juin 1827 : il n'avait donc pas encore 58 ans ; c'est aux fatigues successives, aux souffrances physiques et morales qu'il a eues à supporter dans cette guerre si follement engagée, que la France a la douleur d'être privée d'un de ses plus braves serviteurs.

Entré à l'Ecole polytechnique en 1847, il approuva, avec la fougue de la jeunesse, la Révolution de 1848 ; ce fut un de ses remords, comme il le dit dans ses lettres.

Aspirant le 1er octobre 1849, enseigne de vaisseau en 1852, il est nommé lieutenant de vaisseau en 1856, et capitaine de frégate le 14 août 1866.

En 1873, capitaine de vaisseau, il commande un cuirassé de l'escadre d'évolutions sous l'amiral Cloué ; puis il est nommé, en 1879, gouverneur de la Nouvelle-Calédonie, d'où il revient en France (1882) avec le grade de contre-amiral.

L'amiral Peyron l'appelle alors au commandement de la division navale de Chine. On venait d'apprendre en France la mort de l'intrépide commandant Rivière, tué à la porte d'Hanoï par les Pavillons-Noirs.

Il fallait une éclatante vengeance.

A son arrivée au Tonkin, l'amiral juge utile d'opérer d'abord un coup de main sur la capitale de l'Annam. Il bombarde les forts de Thuem-An et enlève les redoutes annamites qui défendent la rivière de Hué. Le 23 août, trois jours après cette glorieuse opération, les plénipotentiaires signaient un traité de paix avec l'Annam.

Pendant que l'amiral triomphait à Hué, des difficultés survenaient entre le gouverneur civil du Tonkin, le docteur Harmand, et le général Bouët; naturellement, le gouvernement donnait tort au général et le rappelait en France ; mais, comme il fallait cependant une direction militaire, on nomme l'amiral Courbet commandant des armées de terre et de mer au Tonkin.

Que ne lui a-t-on laissé ce commandement ? Il y a longtemps que la guerre serait finie.

L'amiral s'établit en novembre à Hanoï, organise sa petite armée, prend ses mesures et, avec ce coup-d'œil, ce sang-froid, cette précision qui sont le propre de l'homme de guerre, il attaque le 26 décembre Son-Tay, qu'il prend de haute lutte, après une suite de faits d'armes très remarquables.

Il prépare en même temps la prise de Bac-Ninh ; mais déjà M. Ferry a décidé son remplacement : un soldat victorieux peut devenir un embarras, surtout si ce soldat n'est pas un pur, selon l'expression si juste de l'amiral. Et, au moment où il se dispose à poursuivre ses succès, le général Millot est nommé à sa place.

Esclave du devoir, l'amiral rentre sur le *Bayard* sans mot dire; mais on verra dans ses lettres quel coup lui portèrent cette disgrâce imméritée et cette injustice qui coûtent à la France tant d'hommes et d'argent. L'amiral ne s'en releva pas.

La fortune des armes ne devait pas favoriser son successeur. La Chine, après l'échec de Bac-Lé, entre en scène avec ses troupes qui, depuis longtemps déjà, soutenaient les Pavillons-Noirs.

Il faut agir contre cette puissance, et l'amiral Courbet a ordre de maintenir le blocus de Formose.

Enfermé dans la rivière du Min, il franchit la passe après avoir détruit la flotte chinoise, sous le canon de ses forts, par un de ces traits d'audace qui font l'admiration des marines étrangères.

A Kelung, nouvelle victoire ; il s'empare de ce poste malgré des difficultés inouïes. Il s'y maintient par des prodiges de fermeté, mais il se fatigue dans cette lutte incessante contre les éléments. En vain il réclame un autre plan de campagne, on lui impose l'inaction. Pendant ce temps, les Chinois s'enhardissent et font sortir leur escadre. L'amiral se jette sur leurs traces, rejoint dans la baie de Sheïpoo deux de leurs navires que coulent ses torpilleurs.

Enfin, avec cette intelligence supérieure qui lui fait reconnaître de suite l'importance d'une situation, l'amiral se dirige vers les îles Pescadores et, malgré un ennemi nombreux et bien armé, il s'empare de ces îles.

C'est sa dernière victoire ; en quarante-huit heures, une maladie de foie compliquée de fièvre algine a emporté ce vaillant marin, qui meurt — comme il avait vécu — en chrétien, ayant mérité d'avoir pour devise celle du noble chevalier français dont son vaisseau portait le nom : *sans peur et sans reproche.*

LETTRES

DE

L'AMIRAL COURBET

L'amiral, arrivé depuis un mois au Tonkin, avait déjà relevé le prestige de la France vis-à-vis l'Annam ; il demande avec raison un commandement unique :

Bayard, 22 août 1883.

Les journaux vous auront appris les exploits de la division navale du Tonkin aux environs de la rivière d'Hué, pour mieux dire à l'entrée de cette rivière.

L'affaire a été brillante et ne peut pas manquer d'avoir une grande influence sur nos intérêts au Tonkin. Tout s'est bien passé. Entente parfaite entre l'amiral et ses compagnons d'armes ; il y en a même avec le temps, sur lequel la saison ne permettait guère de compter, et qui nous a favorisés au dernier moment. Vous avez lu le télégramme officiel par lequel j'ai rendu compte au ministère de mon opération ; il contient l'essentiel, ne me demandez pas plus de détails. MA SANTÉ EST EXCELLENTE *malgré d'énormes chaleurs et de grandes fatigues.* Tout ce qui me seconde, état-major, équipages, troupes, est dans les meilleures dispositions. Je ne regrette qu'une chose, c'est de ne pas avoir la direction de toutes les opérations : celles qui s'exécutent au Tonkin même, dans le Delta, ne me regardent point. Avec le commandement de toutes les forces, sans exception, je ferais encore, je crois, meilleure besogne.

A. COURBET.

** **

L'amiral ne se trompe pas sur la nature des ennemis qu'il a devant lui. Quoi qu'en disent les ministres, il soupçonne la Chine derrière les Pavillons-Noirs et indique clairement ce qu'il faut faire :

Bayard, 6 septembre 1883.

... Nos adversaires les plus acharnés sont les Pavillons-Noirs. Je ne vous apprendrai pas que ce sont des bandes recrutées parmi les déserteurs ou dans les rangs de l'armée chinoise massée sur la frontière, soutenues à peu près ouvertement par le gouvernement chinois. Pour leur faire lâcher pied, il faut leur infliger un éclatant échec ou convaincre la Chine qu'elle aura la guerre avec la France pour peu qu'elle continue ses menées hostiles. Mais avec les *hésitations permanentes de nos maîtres*, soit en matière de subsides, soit en matière de diplomatie, cela peut durer encore longtemps...   A. COURBET.

*
* *

Bayard, 20 octobre 1883.

Mon cher ami,

J'ai reçu votre lettre affectueuse du 27 août. Les nouvelles des exploits de la division navale du Tonkin parvenues à Paris le 25 n'avaient point encore pénétré dans votre château. Depuis, vous avez appris par les journaux que nous avons bombardé les forts de Thuan-An et qu'à la suite de la prise de ces forts le traité de Hué a été immédiatement conclu. Nous nous sommes raccommodés avec l'Annam, mais du même coup nous nous sommes brouillés avec la Chine, et c'est de ce côté désormais que nous viennent toutes nos difficultés au Tonkin. Elles sont grandes, mais on en sortirait vite *si on le voulait fermement*. Avec les seules forces qui sont sous mes ordres et celles de l'amiral Meyer qui est proche, nous aurions brûlé en quelques jours tous les forts du Céleste-Empire et ruiné sa marine. Pour agir ainsi, il nous manque malheureusement un gouvernement fort, une Chambre un peu plus belliqueuse, des alliances, non pour nous aider, mais pour ne point être entravés, un peu de sécurité du côté de l'Allemagne.

Vous voyez qu'il nous manque beaucoup de choses. En attendant qu'on les ait trouvées, je vais prendre, le 25, le commandement des forces de terre et de mer. Ce sera une lourde charge, une charge bien aggravée pendant les trois derniers mois.

Je n'ai pas besoin de vous dire que je ne m'y déroberai point et j'espère bien en finir quand même à l'honneur de nos armes !   A. COURBET.

*
* *

On le nomme commandant des forces de terre et de mer au Tonkin.

Hanoï, 1er novembre 1883.

Cette fois, j'ai quitté le *Bayard* pour m'établir ici. Le cabinet s'est décidé à me donner le commandement en chef des forces de terre et de mer. Trois mois trop tard, hélas ! Les renforts annoncés ne permettront jamais de réparer le mal fait dans cette période. Que ce soit le commissaire général civil, que ce soit le général Bouët, que ce soient tous les deux, peu importe.

Ce qu'il y a de bien certain, c'est que les deux places fortes de Sontay et de Bac-Ninh ont eu le loisir de recevoir de Chine tous les secours désirables, en hommes, canons, munitions, etc..., et cela pendant la saison où, avec quelques canonnières, il était si facile de les en empêcher ! Ce sont, maintenant, de durs morceaux à digérer avec des effectifs modestes comme ceux dont nous disposons. *Nous ferons de notre mieux et la Providence fera le reste.*   A. COURBET.

*
* *

L'amiral est de plus en plus convaincu des agissements de la Chine, et il s'indigne avec raison des hésitations coupables de nos ministres.

Bayard, 9 novembre 1883.

... Vous vous figuriez, l'an dernier, en ne me voyant point arriver de Calédonie, que l'on m'avait *intercepté* en route pour m'envoyer ici. On aurait bien fait. Rivière ne serait pas mort, et je crois que nos affaires seraient dans un état moins déplorable.

Depuis que l'on m'a fait le périlleux honneur de me nommer au commandement des forces de terre et de mer, je commence à savoir à quoi m'en tenir.

Nous sommes dans un *pétrin* dont les renforts annoncés ne suffiront peut-être pas à nous tirer. *La Chine nous fait ouvertement la guerre*, sur le territoire que le traité de Hué a placé sous notre protectorat, et le gouvernement n'a pas eu l'énergie de la lui déclarer, de bombarder ses ports, de ruiner sa marine. C'est *l'unique* moyen d'en finir, et, faute de l'employer, nous serons peut-être forcés d'assumer le fardeau des fautes commises par nos diplomates. Triste pays que le nôtre, où il faut consulter une Chambre en vacances pour prendre un parti dans des circonstances difficiles. Le gouvernement a eu tort de ne pas la réunir à la fin d'août pour lui demander une ligne de conduite. *Ses incertitudes, ses hésitations, ruinent notre prestige et doublent l'outrecuidance de nos ennemis...*
A. COURBET.

*
* *

Le 20 décembre, il a forcé Son-Tay ; mais, faute de renforts que le ministère lui refuse, il ne peut couper la retraite à l'ennemi. — Quels sont les coupables ?... L'amiral le dit hautement, avec la légitime colère de l'homme de guerre.

15 janvier 1884.

... Nos journaux français, qui se paient si volontiers de mots, commencent-ils à croire que les Pavillons-Noirs et les Chinois qui les secondent sont des soldats aguerris avec lesquels il faudra compter sérieusement ? La saison n'est pas moins favorable aux bien portants qu'aux blessés ; aussi je ne leur laisse pas de loisirs immodérés pendant le temps d'arrêt inévitable qui nous sépare de l'expédition contre Bac-Ninh. Faute de 2,000 hommes pour couper la retraite aux Pavillons-Noirs, je n'ai pu changer leur retraite en déroute et marcher immédiatement sur Bac-Ninh.

Bon gré, mal gré, il me faut laisser à Son-Tay près de la moitié de la colonne mobile jusqu'au terme des travaux qui permettront de défendre la place avec une faible garnison.

Ce retard est bien préjudiciable aux opérations. La faute en est aux *hésitations perpétuelles du cabinet.* Il m'est aussi bien préjudiciable, car, avant le moment de repartir du pied gauche, j'aurai vu arriver ici un général de division et deux généraux de brigade, précurseurs de 6,000 hommes de troupes. Vous supposez bien que je n'ai jamais demandé tant de milliers d'hommes et tant de généraux de division.

A. COURBET.

* *
*

Le président du conseil des ministres, M. Ferry, jaloux sans doute des lauriers de l'amiral, lui enlève son commandement au milieu de ses succès. On comprend aisément le sentiment qui a dicté les lettres qui suivent ; si les expressions sont fortes, on ne peut s'empêcher de reconnaître qu'elles sont justes.

Bayard, 24 février 1884.

..... Au nom du Peuple Français, et par la volonté nationale, sans aucun doute, j'ai dû remettre au général Millot le commandement en chef du corps expéditionnaire.

Ce sont les étrennes du gouvernement de la République,

> Car Ferry prodigue ses biens
> A ceux qui font vœu d'être siens.

Quand je pense qu'il y a aujourd'hui 36 ans, je

risquais ma peau dans les rues de Paris pour préparer l'avènement de *ces polichinelles-là !*

Bref, le sacrifice est consommé depuis le 12 ; je suis rendu à bord du *Bayard*, à la veille de marcher sur Bac-Ninh, où une victoire certaine, décisive, nous attend ; je suis rentré au moment où d'énormes renforts vont rendre tout facile, où l'on va pouvoir mener de front la pacification intérieure du Tonkin et l'expédition.

Vous connaîtrez la nouvelle victoire de nos troupes bien avant le jour où ce petit mot vous parviendra. Je me plais à espérer qu'après, la Chine comprendra un peu mieux ses intérêts, qu'elle demandera immédiatement à traiter et qu'on lui tiendra la dragée haute. Ce n'est pas, je le présume, pour ce malheureux Delta du fleuve Rouge que nous avons accumulé ici une armée de 14 mille hommes. Il faut que la Chine rende gorge, qu'elle paie en espèces sonnantes et métalliques ses fautes et les nôtres. Quelle occasion pour M. Tirard de rattraper un peu ses déficits !...

Agréez, cher monsieur, l'assurance de mes sentiments affectueux et la cordiale poignée de main d'un homme que les *remords du 24 février 1848* poursuivront jusqu'au bord de la tombe.   A. COURBET.

*
* *

Bayard, 24 février 1884.

Merci, mon cher L..., de votre affectueux souvenir, des témoignages de votre sympathie dans le malheur qui me frappe. C'est le lendemain de mon retour de Sontay que j'ai appris la mort de mon pauvre frère. Superflu de vous dire si les fumées de la gloire se sont promptement dissipées... C'est un dur métier que le nôtre.

A quelques jours de date, le gouvernement de la République me réservait une amertume d'un autre genre : au nom du peuple français, je devais remettre au général Millot le commandement du corps expéditionnaire ; on expédiait avec lui des renforts énormes, que je n'avais point demandés. *Deux mille hommes de plus et tout serait fini depuis longtemps, mais cela n'eût évidemment pas fait l'affaire de tout le monde !*

Bref, le sacrifice est consommé depuis le 12 février; je suis rentré à bord du *Bayard* à la veille de marcher sur Bac-Ninh, où nous attend une victoire certaine, décisive. A la marine le pompon pour tirer les marrons du feu ! N'en parlons plus. — Vienne la paix, le traité plutôt, ou, une bonne fois enfin, la guerre sérieuse à la Chine, au lieu de cette sotte expectative où nous nous interdisons même de bombarder ses ports, brûler ses navires, rançonner ses villes du littoral.

Au revoir, mon cher L... COURBET.

*
* *

L'amiral ne se trompe pas ; il faudra des échecs sur terre pour décider le ministre à se servir de la marine.

9 mars 1884.

... Le rôle de la marine est fini. Evidemment, on ne se décidera jamais à des opérations maritimes contre le Céleste-Empire. La division navale est l'arme au bras jusqu'à ce que nous ayons traité.

C'eût été la seule compensation que le gouvernement pût m'offrir ; il a pris la sorte de destitution qui m'a atteint à la veille d'une nouvelle victoire. C'est même la perspective d'une guerre maritime qui a couvert d'une apparence de logique une mesure inqualifiable, et certainement contraire aux intérêts de l'expédition ; car enfin il a fallu au général Millot, malgré les renseignements que je lui ai laissés, plusieurs semaines pour étudier la situation et le terrain. J'aurais marché du 15 au 20 février, aussitôt après le débarquement des deux premiers mille hommes de renfort. Il n'a pu le faire avant le 7 mars. A. COURBET.

*
* *

Il est nommé vice-amiral, faible compensation.

aux blessures faites à son patriotisme et à sa légitime ambition.

24 avril 1884.

... Le retour immédiat ne sera pas la conséquence
de ma promotion. Le ministre en a jugé autrement,
et sur ce point je dois le remercier : je suis maintenu
ici tant que nos différends avec la Chine ne seront
point terminés afin de prendre le commandement de
toutes nos forces navales dans ces mers-ci. Une belle
opération maritime serait la seule compensation que
les circonstances puissent m'offrir, mais je ne me fais
guère d'illusions, et je serais fort embarrassé de vous
dire quand vous me reverrez.

Pour peu que l'on continue à laisser le marquis de
Tseng valser de Paris à Londres et de Londres à Paris,
ma limite d'âge m'atteindra ici. Vous me trouvez sans
doute un peu pessimiste ; on le serait à moins. Depuis
le jour où les Célestiaux ont mal digéré le traité
d'Hué, je n'ai eu qu'une opinion et je l'ai répétée sur
tous les tons : « Déclarer la guerre à la Chine, brûler
ses ports, ruiner sa marine. » En quinze jours tout
était fini, la paix était immédiate, et nous obtenions
toutes les indemnités désirables.

Mais comment prendre une résolution virile quand
le gouvernement est obligé de consulter les Chambres
qui, à leur tour, considèrent comme un impérieux
devoir de consulter les électeurs ?

Je me demande où les journaux vont prendre que
ma santé est ébranlée et que je demande à rentrer...

A. COURBET.

*
* *

Bayard, 7 mai 1884.

Mon cher ami,

Vous avez raison : les ennuis ne m'ont point man-
qué, je devrais dire les amertumes. Mon remplacement par le général Millot à la veille d'une victoire
certaine, décisive, est une de ces iniquités comme la

la République opportuniste est seule capable d'en commettre.

* *

Bayard, 30 mai 1884.

Mon cher D...,

Vos félicitations m'ont fait le plus grand plaisir, je m'empresse de vous en remercier. Mon remplacement prématuré dans le commandement de l'expédition du Tonkin est un tour de l'opportunisme.

Il fallait un pur, paraît-il, pour prendre Bac-Ninh ; on ne m'a point reconnu d'aptitudes. Cette criante iniquité ne me convertira point.

Nous touchons au terme de l'équipée. C'est au moment où le fer est chaud que nous cessons de le battre : la Chine se pâme d'aise devant la magnanimité de la France victorieuse. Nous lui laissons son argent ; elle recommencera dans quelques années avec de meilleurs outils.

Au revoir, mon cher D... ; bonne santé, mon souvenir bien affectueux et une cordiale poignée de main.

A. COURBET.

* *

Le gouvernement qui ne sait pas prendre un parti, laisse la flotte dans l'inaction ; on verra au prix de quelles souffrances.

24 juin 1884.

... Ici, on cuit, on bout pour mieux dire, car le milieu où l'on vit est un mélange d'air et de vapeur d'eau à une température très désagréable ; malgré cela toutes les santés se comportent assez bien, tout le monde s'en tire avec de la résignation et pas mal de petits bobos printanniers.

A bord du *Bayard,* qui est tout en tôle et où le thermomètre marque toujours deux ou trois degrés de plus qu'ailleurs, l'épreuve est plus rude, beaucoup plus rude que chez les voisins ; notre exemple les soutient et nous sommes soutenus nous-mêmes par la perspective d'un prochain retour.

Rien ne paraît nous retenir ici le jour où il n'y aura plus la chance de tirer un coup de canon maritime ; or, M. X....., concierge du temple de Janus, vient déjà de donner un bon tour de clef à Hué, et partait hier pour Tien-Tsin avec son trousseau mythologique. Comment fera-t-il pour tirer un parti honorable de la convention du 11 mai ? Nous doutons fort qu'il y parvienne...   A. COURBET.

* *

Les revers ont éclaté à Bac-Lé. L'amiral est devant l'arsenal de Fou-Tcheou ; mais là on lui impose une nouvelle inaction plus inexplicable encore :

Rivière-Min, 8 août 1884.

... A la première nouvelle de la trahison de Lang-Son, j'ai pris le commandement des deux divisions navales de Chine et du Tonkin avec la conviction que le gouvernement était bien résolu à obtenir réparation et indemnités.

Quelques jours plus tard, je me concertais avec M. X... Nous tombâmes immédiatement d'accord sur la nécessité d'une action énergique et prompte. Le *cabinet qui nous avait demandé notre avis, se garda de le suivre.* Il donna à la Chine huit jours de réflexion, pendant lesquels je vins m'établir, avec une partie de mes forces navales, devant l'arsenal de Fou-Tcheou, au milieu d'une douzaine de bâtiments de guerre et autant de jonques de guerre chinois. J'y suis encore, car ces huit jours ont été suivis de onze autres, suivis eux-mêmes d'un délai indéfini. On négocie plus que jamais, avec moins d'espoir que jamais.

Vous devinez le rôle que joue notre marine pendant que les diplomates croisent les notes et échangent les pourparlers. Une vieille expérience nous l'a appris, il n'y a qu'une voix que la Chine sache écouter : celle du canon.

Je suis navré, car je sens que notre inaction ruine notre prestige et je redoute que tout cela n'aboutisse qu'à une reculade honteuse.

Je vous épargnerais toutes ces condoléances si le pénible métier que nous faisons ici, par la volonté de nos maîtres, ne portait une grave atteinte à l'honneur du pavillon. On s'en moque là-haut; mais, dans bien des coins de la France, et le vôtre est un de ces refuges, on le ressent aussi vivement qu'ici.

A. COURBET.

*
* *

L'amiral est victorieux. Il a franchi la passe de la rivière Min en écrasant la flotte chinoise. Il annonce que ses rapports seront tronqués. On voit quelle opinion il a déjà des ministres.

15 septembre 1884.

... Vous savez, depuis une quinzaine de jours, comment nous sommes sortis de la rivière Min; ce sera déjà de l'histoire ancienne quand vous lirez ces quelques lignes. Ce que l'on ignorera encore long-temps, c'est *la difficile situation où nous avait placés la politique cauteleuse du cabinet Ferry*. Jamais les défaillances de nos hommes d'Etat ne se sont mieux manifestées que par ces séries successives d'interminables négociations.

Nos bâtiments s'en sont tirés sans avaries bien sérieuses; bref, je ne prévoyais guère que nous en serions quittes sans plus grands sacrifices. La journée du 23 a été décisive, grâce à Dieu. En voyant leur flottille anéantie, les trois quarts de leurs matelots par le fond, les Chinois ont perdu la tête et n'ont même pas eu le temps de fermer la passe extérieure, quoiqu'ils eussent préparé dans ce but tout ce qu'il fallait, torpilles comprises.

Je ne vous ennuierai pas par des détails sur nos opérations. Votre journal reproduira une partie au moins de mon rapport; je dis : une partie, car j'ai lieu de croire que l'on ne livrera pas à la publicité deux paragraphes où je dis clairement combien tout eût été plus facile et nous eût coûté moins de pertes ; d'abord, le 20 juillet, terme du premier ultimatum, et même le 1er août, terme du second.

Pendant les vingt jours qui ont suivi cette dernière date, les Chinois ont accompli des prodiges d'activité et doublé leurs moyens de défense. Après l'affaire de Lang-Son, il n'y avait qu'à bombarder les ports de la Chine, détruire ses bâtiments de guerre sans autre forme de procès. Au lieu de cela on a diplomaté, rediplomaté et rerediplomaté.

En quelles mains sont nos intérêts et notre honneur !
Déjà la Chine a fait mine de nous déclarer la guerre ; la forme seule manque à son décret impérial. Elle finira par nous infliger cette honte, et nous l'aurons bien méritée.

Pour le moment, notre situation est telle que nous ne pouvons même pas nous opposer à ce que les neutres transportent les troupes et la contrebande de guerre ; c'est le comble de la démence !

A bientôt de nouvelles opérations dans le Nord, mais je doute que ce soient les dernières ; car, là surtout, nous allons rencontrer ce que le Céleste-Empire a de meilleur comme bâtiments, troupes et canons.

Si vous avez des économies, ménagez-les pour un emprunt nécessaire, inévitable et prochain...

A. Courbet.

*
* *

Quelle ne doit pas être la tristesse de l'amiral en voyant ses avis, si sages, rejetés par le conseil des ministres. — Quelle responsabilité pour eux et la majorité qui les applaudit.

Bayard, 31 octobre 1884.

Mon cher L...,

... J'espérais bien, en sortant de la rivière Min, que

la marine ferait encore parler d'elle ; je comptais que nous remonterions dans le nord, après avoir ravitaillé les bâtiments. Le conseil des ministres en a décidé autrement. *Son aveuglement ou son entêtement,* comme vous voudrez, *coûtera cher à la France.* L'occupation de Kelung, à laquelle nos maîtres se sont arrêtés, est une opération sans influence possible sur les résolutions de la cour de Pékin, avec le blocus de Formose, qui en est la conséquence, elle immobilisera la majeure partie de nos forces navales et le seul régiment de marche mis à ma disposition. Savez-vous où cela nous conduit ? A faire au printemps prochain pour réparer tant de sottises, une grande expédition terre et mer. *Avisez vos parents et amis, contribuables à divers degrés ; il faut qu'ils dénouent les cordons de leur bourse pour en finir à notre honneur.* Et dire qu'après cela il y aura encore en France *des naïfs qui croiront aux élus du suffrage universel,* et *garderont leur foi en M. J. Ferry !*

Au revoir, mon cher L...   COURBET.

*
* *

L'amiral flagelle l'ancien président du conseil d'un nom qui ne périra qu'avec lui : *Jupiter-Ferry.*

22 novembre 1884.

Vous devinez, sans doute, qu'entre les occupations, les préoccupations et les ennuis, il y a peu de place pour la correspondance.

En sortant de la rivière Min, je me plaisais à croire que nous en avions fini avec les subtilités d'avocats, à peine acceptables par une Chambre endormie autour de la tribune, mais hors de mise sur le terrain ; je me figurais que nous allions enfin déclarer la guerre à la Chine, et y appliquer les moyens nécessaires, et cependant l'état de « représailles » jouit plus que jamais de la faveur du cabinet.

A cet état déjà si déplorable *sans perfectionnement, Jupiter-Ferry* ajoute chaque matin quelque nouvelle entrave. Le maître de nos maîtres paraît n'avoir qu'un souci : *ménager les neutres, ménager la Chine.* dussent nos marins et nos soldats s'escrimer en pure perte. *Il est évidemment atteint de cette démence qui précipite la chute des gouvernements par l'abaissement de la dignité nationale.* Au chemin que nous suivons, nous ne pouvons manquer d'aboutir, soit à la nécessité d'entreprendre une grande expédition au printemps prochain, soit à la honte de *perdre la face,* comme disent les Célestiaux.

La partie était si belle après Fou-Tcheou ! Port-Arthur était l'objectif indiqué : c'est là qu'est le nœud de la question...   A. COURBET.

**
*

Bayard, 4 décembre 1884.

Pour peu que le gouvernement persiste dans la voie où il est entré, la guerre ne sera certainement pas dangereuse. Il est vrai qu'elle sera aussi longue qu'inutile. L'occupation de Kelung et le blocus de Formose immobiliseront toutes nos forces en pure perte. Ce n'est pas ainsi que nous amènerons jamais la Chine à composition.

Après Fou-Tcheou le chemin était tout tracé, il fallait aller à Port-Arthur : c'est là qu'est le nœud de la question, à moins que nous ne soyons forcés d'aller à Pékin.

Le jour où cette déclaration tombera du haut de la tribune, quelle mine feront nos honorables, ces tristes badauds qui croient à toutes les subtilités de M. J. Ferry ! Je suis navré de voir gaspiller ainsi temps, hommes, argent.

Pour les hommes ce n'est pas moins vrai. Hélas! à bord, les santés sont bonnes, mais à terre notre petit corps expéditionnaire est décimé par le climat. En deux mois nous comptons 1/20ᵉ de morts, autant renvoyés en convalescence et en plus 1/2 encore malades ou exempts de service. Bref, il nous reste les

2/3 à peine de l'effectif primitif capable de porter les armes.

** **

Quel jugement sévère, mais juste, de la politique du président du conseil et de ses complices !

17 janvier 1885.

X... est enchanté de son sort. Une seule chose peut-être manque à son bonheur, l'occasion de couler la marine chinoise par le fond. Il ne tiendra pas à moi que ce nuage cesse d'obscurcir son firmament. Ses aspirations trouvent de retentissants échos dans la jeunesse qui m'entoure. Que d'ardeurs comprimées, depuis trois mois ! Que d'élans contenus dont on aurait tiré un si bon parti en suivant une autre direction !

Seuls, le président du conseil et ses dociles satellites échappent à cette généreuse contagion, et compromettent dans *je ne sais quel intérêt* l'honneur de notre pauvre pays.

Et il s'est trouvé à la Chambre une majorité pour contresigner le passé de cette politique et encourager ses funestes tendances !

... Nous sommes, décidément, bien bas.

Vers la fin de novembre, les journaux de Hong-Kong enregistraient un télégramme de Londres, d'après lequel nos honorables auraient donné carte blanche et crédit illimité au gouvernement, pour trancher le différend dans des conditions conformes à la dignité nationale. Jugez de mon désappointement en apprenant, le surlendemain, le vote de soixante millions. Rien ne pouvait indiquer plus clairement la perpétuation des expédients, des demi-mesures, de toutes ces subtilités qui ont cours à la tribune, mais dont nous éprouvons si rudement le contre-coup.

Ce n'est plus de soixante millions qu'il peut être question aujourd'hui, ce n'est plus d'un ou deux bataillons à Formose, de trois ou quatre au Tonkin.

Une grande expédition (terre et mer) est devenue

indispensable pour sortir convenablement, *rien de plus*, du pétrin où nous a mis Jules Ferry. Il faut regagner par la force tout le terrain que ce Machiavel a perdu par la ruse.

Lyn-an-Chang doit bien se frotter les mains ; que de diplomates il a roulés, à commencer par le président du conseil dont l'aveuglement survit, paraît-il, à tant de déconvenues !   A. Courbet.

*
* *

Bayard, 22 janvier 1885.

Mon cher amiral,

J'avais l'intention de répondre par ce courrier à votre lettre si affectueuse du mois de décembre. Le temps me manque absolument. De plus, cette croisière d'une quinzaine, par un temps dur, m'a un peu fatigué. Ne pouvant vous raconter l'expédition de nos canots, je vous en envoie du moins un croquis. Il faut être marin, savoir que nos canots filent 6 nœuds au maximum et qu'ils avaient affaire à des courants de 3 à 4 nœuds pour se faire une juste idée de ce brillant épisode de la guerre de Chine. Je me dispose à repartir pour une seconde croisière ; je compte me remettre en route aussitôt que le plein des sautes sera fait ; mais cela va lentement dans ce gredin de port où la houle est en permanence. Au revoir, mon cher amiral. Je vous envoie mes souhaits de tout cœur pour les vôtres et pour vous, et je vous renouvelle l'assurance de mon profond respect et de ma vieille affection.   A. Courbet.

*
* *

15 mars 1885.

... Nous continuons de piétiner sur place, malgré les vigoureux efforts et les succès remportés soit au Tonkin, soit à Formose.

Quels misérables que nos ministres !

Quelle bande de complices la majorité de la Chambre leur offre de gaieté de cœur, de propos délibéré, et cela en perspective du prochain scrutin !

Nous sommes décidément en pleine décadence.

A. COURBET.

*
* *

Dernière lettre parvenue en France après la mort de l'amiral et adressée à l'ancien ministre de la marine, l'amiral Peyron :

Bayard, le 7 mai 1885.

Mon cher amiral,

J'aurais dû, j'aurais voulu vous écrire par l'avant-dernier courrier ou par le dernier, une grosse indisposition m'en a empêché. Le 12 avril, révolte générale de l'estomac, des entrailles, du foie ; Doué ne parlait de rien moins que de me renvoyer à ma famille par le plus prochain paquebot. J'ai tempéré cet affectueux élan et je profite de l'armistice pour me remettre. Je vais mieux, cependant je suis toujours au régime, même de correspondance, et je commence à croire que je ne me remettrai point complètement sous la zone torride.

Mais ce n'est point pour vous parler de mes petites misères que je vous écris. Je tiens à vous remercier tout particulièrement de la bienveillance avec laquelle vous avez accueilli mes propositions en faveur de ceux qui servent sous mes ordres avec tant de dévoue-ment. La satisfaction de voir récompenser les mérites que je vous ai signalés m'a consolé de mille ennuis ; ces encouragements ont aidé tout mon monde, offi-ciers, soldats et marins, dans l'accomplissement d'une tâche ingrate qui exigeait toutes les qualités viriles, depuis la résignation jusqu'au courage le plus ardent. Je vous remercie de tout mon cœur.

Si les derniers évènements de Lang-Son m'ont bouleversé, vous le devinez. Cette triste nouvelle, parvenue ici trois ou quatre jours après la prise des Pescadores, a causé la plus pénible impression à tous les étages de la hiérarchie et grandement atténué la joie de notre récent succès. *Quelle paix allons-nous conclure dans des conditions aussi déplorables ! Je m'arrête sur ce terrain-là !*

Au revoir, mon cher amiral ; veuillez bien présenter à Mme Peyron mes hommages et l'expression de mes meilleurs sentiments. Je vous renouvelle l'assurance de mes sentiments affectueux et dévoués et je vous envoie une bonne poignée de main.

A. COURBET.

------ :⊙: ------

Voilà les lettres de l'amiral Courbet.

Tout commentaire en affaiblirait l'effet.

Elles portent avec elles leur enseignement. Elles prouvent la duplicité, l'outrecuidance du premier ministre, et la complaisance servile de cette Chambre qui ne demandait qu'à se laisser tromper.

Et ces mêmes députés — au moment où le roi de Portugal, où le Comte de Paris adressaient à la famille de l'amiral leurs sentiments de sympathie et de condoléance — hésitaient encore à voter au vaillant officier qui avait promené en vainqueur, dans les mers de Chine, le drapeau français, les honneurs des funérailles nationales.

Le pays — en apprenant sa mort — les lui a accordées, et la France a senti qu'elle avait perdu, comme on l'a dit justement, un de ses plus nobles enfants.

Château-Gontier, Imprimerie H. Leclerc — Juin 1885.